Andreas Ruhland

Damals konnten wir nicht drüber lachen

story.one – Life is a story

story.one

1st edition 2024

Production, design and conception:
story.one publishing - www.story.one
A brand of Storylution GmbH

Font set from Minion Pro, Lato and Merriweather.

ISBN: 978-3-7115-2721-9

Die Straßen sind dieselben.
Die Häuser stehen leer.
Wie den Kindern zeigen
wie unsere Kindheit
damals war?

INHALT

Nichts geschieht

Wir träumten in diesen Straßen,

wir würden landen an einem Strand,

weiter weg, nicht so nah

wie die Ostsee es damals war.

Ein alter Freund und ein altes Haus –

Ich hab' geträumt und du baust darauf.

Du wolltest glauben –

ich schließ' die Augen.

Du siehst nichts mehr, doch ich sehe dich.

Du atmest schwer und ich wünschte,

ich könnt' diesem Luftschloss

eine Weile entkommen.

Die Straßen sind dieselben,

die Häuser stehen leer.

Wie den Kindern zeigen,

wie unsere Kindheit damals war?

Du sagst nun nichts mehr –

ich sag, es ist okay.

Und du hast dich verlassen auf mich

und jetzt fühlst du dich selber so.

Wir wollten es schaffen und dabei hab' ich

darüber nachgedacht:

Mann, war ich damals froh!

Es ist unglaublich,

wie stark der Wind in den Pappeln weht.

Ich war so lang nicht da,

es sieht genauso aus.

Ich atme tief ein und nichts geschieht.

Baby, unglaublich, wie die Zeit vergeht ...

und nichts geschieht …

Leise weht der Wind in den Pappeln

Leise weht der Wind in den Pappeln. Nur das Rauschen der Blätter ist zu hören, sonst ist es fast still. So weit das Auge reicht – nur Wiesen und Felder – nichts, was diesem Blick im Wege steht: freie Sicht bis zum Horizont. Welch ein Morgen in diesem Licht! Noch immer ist es angenehm warm. Grillen zirpen, Vögel zwitschern. Ein friedlicher Ort. Eine zeitlose Ruhe. Nichts, was einen ablenken könnte. Nichts, was mich an dem Schönen und Guten, das uns umgibt, zweifeln lässt. Und dennoch finde ich kaum Worte für das, was mir durch den Kopf geht. Ich suche nach einem Punkt, der mir bekannt vorkommt, an dem ich festhalten kann, um auszumachen, was hier einmal war, wie es einst aussah, wie viel Leben hier existierte, welche Geräusche die Menschen einst in diese Stadt kippten, wie leicht es war, hier weg zu gehen und wie unwirklich es sich anfühlt, nun wieder hierher zurückzukommen. Nichts, rein gar nichts erinnert noch an das Leben in diesen Straßen. Alles ist verschwunden. Wo sind die

Menschen? Kam eine Apokalypse und hat alles und jeden mit sich genommen? Vielleicht hat dieser Ort nie wirklich existiert? Du weißt um all das, was hier einst war, doch nichts ist mehr davon auszumachen. Es sind nicht nur die Menschen, die nicht mehr da sind, es ist der Beton, es sind die Straßen, die Autos, die Schulen, die Kaufhallen, die Polikliniken und die dunkle Treppe in den Keller des Neubaublocks, auf dem ich als Junge den Kadaver einer Katze fand. Es sind die Freunde, es sind die Gesichter der Kinder, die in meine Klasse gingen, deren Namen ich bis heute entsprechend der Sitzordnung in unserem Klassenraum aufzählen kann. Mein Herz rast. Ich bin seit dreißig Jahren weg und dennoch ist dieser Ort ein Teil dessen, was ich Heimat nenne. Doch es ist nicht mehr der Platz, den ich damals verlassen habe. Ich finde kaum einen Punkt, an dem ich anknüpfen kann und in meinem Kopf kreisen die Gedanken zwischen Gehen und Bleiben, zwischen Flucht und Erinnerung, zwischen Warten und Entscheiden. Ich weiß nicht, wie lange ich es hier aushalte – der Anblick dessen, was ich getrost als „Nichts" bezeichnen würde, macht mich ein wenig schwermütig. Ich erkenne ein paar alte Gehwegplatten – Reste einer vergangenen Welt, die unter dem Gras ihr letztes Existenzrecht behaupten. Ich erinnere mich an vieles, doch es gibt keinen Beweis dafür, dass ich hier meine Kindheit verbracht haben soll. Als wäre ein Teil meiner Geschichte ausgelöscht. Die Erinnerung, die Sehnsucht und die Fragen an diesen Ort hatten bei mir kaum Platz in den letzten Jahren. Vielleicht habe ich vergessen, vielleicht war ich gut abgelenkt, doch dieser Stoff wirkt nicht mehr oder ich bin immun dagegen geworden. Ich sehe Dinge, die nicht mehr da sind, erinnere mich an Menschen, von denen ich nicht weiß, wie sie es hier rausgeschafft haben oder ob sie hiergeblieben und mit allem anderen verschwunden sind. Ich erinnere mich an Situationen, von denen ich nicht weiß, ob sie wirklich passiert sind. Diese Gedanken trage ich in letzter Zeit häufig mit mir herum und jetzt, während ich hier bin, scheinen sie mir doch für einen Moment lang belanglos zu sein. Manch einer würde sagen: ‚Lös dich von der Vergangenheit' oder ‚Das war ein anderes Land, eine andere Zeit'. Doch gerade jetzt kommt so vieles zurück und ich hoffe nur, dass ich meine Fragen nicht zu spät stelle, weil vielleicht bald keiner mehr da ist, der mir eine ehrliche Antwort geben kann.

Alles anders

Mir ist etwas schwindelig und ich setze mich auf den Boden, auf dem ich zwischen hochwachsenden Gräsern fast verschwinde. Ich muss mich erst einmal daran gewöhnen, wieder hier zu sein. Dort drüben, direkt gegenüber, wohnte Ronny. Ich sehe ihn noch vor mir, wie er sitzend auf den Stufen seines Hauseingangs auf mich wartete, um gemeinsam zur Schule zu gehen. Ronny und ich gingen in eine Klasse und er war mein Freund – der einzige, den ich in dieser Zeit hatte. Wir teilten das Los kindlicher Einzelgänger: Zwei, die sich fanden, weil sie vielleicht damals schon fühlten, wie einsam das Leben in dieser Stadt sein konnte. Eine Stadt, die eigens für die zigtausend Menschen gebaut wurde, die morgens in der Frühe durch die Tore der Fabrik geschleust wurden, wo sie für das ganze Land Filme für Fotoapparate herstellten. Die Stadt selbst wirkte von sieben bis vier wie ausgestorben: Die Arbeiter wirtschafteten nach Plan, die Kinder steckten in den Schulen und machten ABC, die Verkäuferinnen standen in weißen Kitteln in den HOs und die

Alten liefen in die Polikliniken, um soziale Kontakte zu pflegen. Wenn am Nachmittag die Werktätigen von der großen Fabrik mit den riesigen Schornsteinen und dem gelben Rauch wieder ausgespuckt wurden, rollten sie wie eine Lawine auf die schlafende Stadt zu. Peng! Da waren sie alle wieder: zurück aus der grauen, dunklen, miefenden Chemiebude, rein in die Arbeiterwohnschließfächer. Die Kinder kehrten aus dem Schulhort zurück, die Mütter verschwanden in den Kaufhallen, um Wurst und Zigaretten zu besorgen und die Väter versteckten sich in den Kellern, um an irgendwas zu schrauben und dem Lärm des alltäglichen Familienwahnsinns zu entkommen. Das Leben in der Stadt tobte nun wieder: so wie unsere Nachbarin Frau Sanders, weil ihr Sohn mit einem zerrissenen Nicki nach Hause kam oder wie Papa, weil ich eine 5 in Mathe selbst unterschrieben hatte. So viel anders als heute war das alles eigentlich gar nicht: nur, dass damals der Brigadeleiter immer recht hatte und gemacht wurde, was er sagte. Nur die Wenigsten durften dahin, wohin sie wollten und viele bekamen, was sie nicht verdienten. Auch unsere Familie war wesentlich enger miteinander verbunden, als sie es heute ist. Wir haben keine Gelegenheit ausgelassen, um zusammen zu feiern und es wurde viel mehr Schnaps gesoffen. Damals sind wir noch alle zusammen in den Urlaub gefahren und Papa hat auf der Fahrt zur Ostsee im Auto geraucht, während wir zu viert in unserem Wartburg über die Autobahnplatten der DDR holperten. Aber wer hätte ihm das schon übel nehmen können – vielleicht wurde ja auch grundsätzlich so viel geraucht, um den Gestank, der aus den Schornsteinen der Fabriken kam, zu übertünchen.

Jetzt gibt es hier keine Schornsteine mehr, keinen Rauch, keine Familien, keinen Ronny. Ich möchte nicht zurück nach Damals, an diesen Ort, in dieses Land. „Früher war alles besser“ ist eine Nebelkerze, die von einem Leben ablenkt, in dem man so vieles nicht durfte und nicht konnte. Ich finde, dass es „Früher war vieles anders“ ziemlich gut trifft. Alles ändert sich, jede Zeit hat ihre Helden und Vorzüge. Ob die immer besser waren? Ich weiß nicht. Und überhaupt: Was wäre denn geschehen, wenn alles so geblieben wäre, wenn sich keiner von uns verändert hätte, wenn wir nicht woanders hingegangen wären?

Die Geborgenheit einer Brotdose

In den ersten Jahren habe ich in der Schule gelernt, dass ich dort nicht der sein darf, der ich tatsächlich war. Und dass ich die Dinge, die ich wirklich dachte, nicht aussprechen sollte. Stattdessen lernte ich, nur so zu tun, als ob – als wäre ich interessiert und aufgeschlossen gegenüber Dingen, die mir fremd und nicht geheuer waren. Ich hatte außerhalb unserer vier Wände daheim keinerlei Selbstvertrauen: Fast alle waren sie schlauer, schneller und schlanker als ich. Und das alles sollte insgesamt zehn oder zwölf Jahre dauern? Was für eine Horror-Vorstellung! Ich klammerte mich an jede tagträumerische Vorfreude auf den Nachmittag, auf das Wochenende, auf die Ferien. Alles war besser, als dort zu sein. Nichts war schlimmer als die Vorstellung an einem Sonntagabend, am nächsten Tag wieder dahin zu müssen und nichts war besser, als etwas zu haben, dass mich an Zuhause erinnerte: etwas, das mir die Gewissheit verschaffte, dass ich auch diesen Tag überstehen würde. Möge es auch noch so seltsam klingen, aber meine Brotdose war so ein Stück Zuhause. Hätte Geborgenheit eine Form, dann wäre es die meiner Brotdose. Jeden Abend hast du uns Schnitten für den nächsten Tag geschmiert. Das war etwas, woran ich festhalten konnte: eine Erinnerung an etwas Gutes, eine Gewissheit, eine Sicherheit. Nur darauf kam es an, denn so konnte ich dir nahe sein und fühlte mich einen Moment lang nicht ganz so einsam. Ich gewann ein Urvertrauen und die Erkenntnis, dass egal, wo ich bin und egal, wie mies es auch gerade laufen würde, ich immer ein Zuhause bei dir haben würde, wo es bedingungslos einen Platz für mich gibt, wo ich nicht jemand sein muss, der ich nicht bin, wo mich keiner auslacht, wo ich keine Angst haben muss, wo ich nicht immer weiter abstumpfe, weil ein Junge doch einfach nicht so verweichlicht sein darf. Die Schule war über lange Zeit kein Ort, an dem ich mich wohl fühlte. Ich passte nicht hier rein. Ich dachte damals, dass ich der Einzige wäre, dem es so ging. Aber wenn man in diesem Alter ist, weiß man es nicht besser und es sagt einem auch keiner, dass er einen gern hat dafür, dass man genau so ist wie man ist – einfach mal so. Du hast es getan. Der natürliche Instinkt einer Mutter. Woher wusstest du, wie das geht? Hattest du das von

Martha mit auf deinen Weg bekommen: dieses unerschütterliche Gefühl zu vermitteln, dass man bei seiner Mama immer ein warmes Bett finden, dass sie für dich auch mitten in der Nacht aufstehen und einen Kakao kochen oder vielleicht sogar Kartoffelbrei machen würde? Genau diese Gewissheit ist es doch, die ein Kind, das so viel Glück hatte, in sich trägt, wenn es raus muss, sich ins Unbekannte stürzt, wenn sich die Moll-Akkorde tiefer in Kopf und Bauch graben, als ihm lieb sein kann. Wer verlässt sein Zuhause schon gern, wenn man genau darum weiß – aber die Wärme dieser Geborgenheit verlässt einen nie. Sie verharrt auf den Schultern wie ein Mantel, der einen im Winter vor dem Erfrieren schützt.

Alles nur den Jungen nicht

Das mit Abstand schlimmste – und ich meine wirklich grausamste – Schulfach, das man mir antun konnte, war der Sportunterricht. Mit meinem Körpergewicht kam ich keine Kletterstange hoch, beim Hochsprung riss ich bei jedem Anlauf garantiert die Latte runter und sorgte für beste Unterhaltung bei meinen Klassenkameraden, die mir jedes Mal schenkelklopfend dabei zusahen, wie ich Anlauf nehmen und volle Breitseite gegen die Latte wamsen würde. Ich hatte nicht den Hauch einer Chance, meinen Hintern da drüber zu bekommen. Ich hasste es, zum Gespött meiner Klasse zu werden und die Erwartung eines Verfehlens dann auch noch zu erfüllen. Ich wollte wirklich über diese dämliche Latte springen, aber ich wusste nicht, wie ich das hinbekommen sollte und mein Sportlehrer war weder motivierend, noch sonderlich hilfreich, wenn er laut brüllte: „Los, Dicker, hoch jetzt mit dem Arsch!“ Dies und das breite Grinsen in den Gesichtern der anderen war es, was mir den Sportunterricht für immer verhageln sollte. Ich fürchtete jede einzelne Sportstunde, erfand Ausreden, um nicht daran teilnehmen zu müssen, erkrankte urplötzlich an den wildesten Übelkeitserscheinungen und hoffte jede Woche darauf, dass ein natürlicher und nicht von mir erfundener Umstand dafür sorgen würde, dass der Sportunterricht ausfällt. Ich hatte diesbezüglich jedoch nur äußerst selten Glück.

Zu meinen absoluten Lieblingsritualen gehörte später auch die wöchentlich immer wieder stattfindende Auswahl der Mannschaften beim Zweifelderball. Wenn die anstand, konnte ich darauf wetten, mit Sicherheit als letzter auf der Bank zu sitzen. Die Mannschaftskapitäne kloppten sich fast regelrecht, weil keiner in den sauren Apfel beißen und mich in seiner Gruppe haben wollte. Wie gern wäre ich aufgestanden und hätte ihnen gesagt, dass sie sich wegen mir nicht streiten müssen, weil ich gar keine Lust hatte, bei diesem blöden Spiel mitzumachen. Und hier lag das Problem: genau das wussten sie. Schon zu Beginn der Auswahlrunden ahnte ich stets, welches Schauspiel sich mir nun gleich wieder bieten würde und betete regelrecht darum, dass der Kelch doch nur ein einziges Mal an mir vorüberzieht. Ich saß wie fest gewachsen da und ließ es einfach über mich ergehen. Das waren einsame Momente: die Blicke der anderen ruhten auf mir, während ich mich nicht traute, woanders hinzusehen als auf den Boden. Tu so, als wäre dir alles völlig egal, sieh niemanden an, sag kein Wort. Damit würde ich am wenigsten verkehrt machen – für Lacher würde ich sowieso sorgen, egal was auf dem Stundenplan des Sportunterrichts stehen würde.

Die Kastanien meiner Großeltern

Ich war immer vernarrt in meine beiden Großeltern. Ich mochte den Geruch ihrer Wohnung, besonders den der Küchenschränke, die, wenn man sie öffnete, so rochen, als hätte Martha darin Kräuter und Gemüse gelagert, mehr noch, als hätte sie darin Sellerieknollen versteckt. Ein Duft, der mich ganz und gar vergessen ließ, dass wir uns in einer Siedlung zwischen zwei großen Chemiefabriken befanden. Hier schien alles vertraut. Es war ein friedlicher Ort, ein Ort, an dem kein böses Wort fiel, an dem die Zeit etwas langsamer tickte, ein Ort, an dem die Welt für mich in Ordnung war. Martha und Arthur zu besuchen war wie eine Flucht aus dem Alltag. Hier hatte ich nie Angst und fühlte mich sicher in ihrer liebevollen Geborgenheit. Es war wie ein sicheres Versteck: Hier würde mich niemand finden, der etwas Böses will; hier würde keiner etwas wollen, was ich nicht will. Ich mochte das Licht, das durch die großen Kastanien, die um das Haus herumstanden, in die Wohnung fiel. Es konnte noch so heiß sein im Sommer, aber in der Wohnung war es Dank der dicken, alten Mauern und dem Schatten der Bäume immer angenehm kühl. Sie hatten sich dort ihre eigene kleine Welt eingerichtet, in der sie ihrer gewohnten Routine nachgehen konnten, in der alles so unangestrengt und harmonisch schien – der Inbegriff zweier Menschen, die miteinander glücklich sind. Nichts, aber auch wirklich gar nichts konnte die beiden in meiner Vorstellung voneinander trennen. Sie lachten viel. Und sie stritten sicherlich auch, aber nie fiel ein lautes Wort vor uns Kindern, nie würde sich einer der beiden respektlos dem anderen gegenüber äußern. Ich hielt das lange Zeit für selbstverständlich. Es sah immer so einfach aus, selbst wenn sie mal nicht einer Meinung waren oder mich von meinen wilden Attacken herunterholen und beruhigen mussten. Nie hatte ich das Gefühl, dass ihnen irgendetwas zu viel war oder sie kurz davor waren, die Geduld mit sich selbst oder mit anderen zu verlieren. Sie ließen uns nie spüren, welche Sorgen sie selbst mit sich trugen. Sie waren sich dessen, was sie in jungen Jahren gesehen und erlebt hatten, bewusst und versuchten uns Kindern, je älter wir wurden, klarzumachen, dass wir dankbar sein sollten. Die Harmonie, in der Martha und Arthur lebten, war eine, die aus einem Schutzinstinkt heraus entstanden war. Sie wussten, wie schnell ein sicher geglaubter Frieden kippen konnte und dass es keineswegs selbstverständlich war, in einer Zeit ohne Sirenen und Luftschutzbunker zu leben. Je größer wir wurden, desto mehr begann besonders Martha von ihrer Kindheit zu erzählen.

Familienfeste

Unsere Familie traf sich oft und ausgiebig, gerade die männliche Sippschaft ließ keine Gelegenheit aus, um sich in rauen Mengen Bier und Schnaps hinter die Binde zu kippen. Das sorgte zu Beginn einer jeden Feier zunächst für gute Stimmung, im weiteren Verlauf des Nachmittags jedoch für immer lockere Zungen und am Abend für handfeste, meist politisch motivierte Kontroversen, die mehrmals mit Tränen und der Auflösung der Feierei endeten. So geschehen, weil die politischen Ansichten von Arthur konträr zu denen von Oskar standen. Der Westen traf auf den Osten. Nett ausgedrückt, hätte man das so zusammenfassen können: Zwei entgegengesetzte Lager nutzten den feierlichen Anlass für ein politisches Gipfeltreffen und versammelten ihre Anhänger hinter sich. Das Wohnzimmer verwandelte sich mehr oder weniger in einen politischen Debattierklub, einer heftigen Bundestagsdebatte nicht unähnlich. Und wenn es nicht die Politik war, dann war es dieser verschissene Fußball, der dafür sorgte, dass sie sich wie eine Meute von angetrunkenen Dorftrotteln am Stammtisch ihrer Kneipe im Ärger über die miserable Leistung ihrer Mannschaft beim Regionalderby das Maul zerfetzten. Von außen betrachtet wirkte es so faszinierend wie makaber: eine gut einstudierte Inszenierung, die sich, je mehr Alkohol floss, zu einer Zurschaustellung ungeahnter Künste hemmungsloser Plautzerei in miserabelstem und billigstem Tonfall entwickelte und somit schon wieder großen Unterhaltungswert hatte. Da ging die Post ab, wie man so schön sagt, denn keiner wollte aufgrund seiner zu verteidigenden Männlichkeit auch nur einen Millimeter von seinem Standpunkt abweichen. Vor allen jedoch konnte Martha diese verbalaggressiven Ausbrüche nur schwer ertragen und manchmal staunten wir an solchen Abenden nicht schlecht darüber, welch ungeahnten Talente in unserer schrecklich netten Familie schlummerten. Sowohl Papa, als auch alle Onkels, genauso wie die Großväter – keiner wollte auch nur im Geringsten etwas nachgeben. Die Party war entweder dann zu Ende, wenn eine der Mütter, Tanten oder Omas in Tränen ausgebrochen waren oder wenn mein Onkel mit dem Stuhl umkippte, weil er zu besoffen war.

Meine Cousinen und Cousins hingegen waren zusammen mit Hanna und mir ein eingeschworenes Team. Wir liebten es, bei diesen Feiern Verstecke zu spielen, uns gegenseitig zu erschrecken, gruselige Gestalten außerhalb unserer eigenen Familie zu suchen und uns auf die Jagd nach ihnen zu begeben. Wir glaubten damals, hinter jeder Tür etwas Böses zu entdecken, und waren überzeugt von der Existenz des Schwarzen Mannes: einer, der Kinder fängt, entführt und wer weiß was mit ihnen anstellt. Unsere Fantasie kannte keine Grenzen. Die Plattenbausiedlung, in der wir aufwuchsen, lieferte genug Stoff, um die haarsträubendsten Geschichten in unseren Köpfen blühen zu lassen. Wir wurden allerdings sauer, wenn unsere Verbrecherjagden abrupt beendet wurden, weil sich alle Erwachsenen einmal mehr untereinander zerstritten hatten und wir nach Hause gehen mussten.

Der Gitarrist und die Freiheit

Gezeichnet von dem, was seinem Vater widerfahren war, entwickelte mein Vater eine unzähmbare Sehnsucht nach Freiheit und Selbstbestimmung. Die Musik, die er liebte, wurde nicht in den Radios der DDR gespielt. Das Land, aus dem sein Großvater zurückkehrte und aus dem er einst die vielen Dollar mitbrachte, war unerreichbar. Seinen Unmut über die Zustände in diesem Staat laut zu verkünden, würde ihn in nicht absehbare Schwierigkeiten bringen. Es blieb ihm nur ein Weg, sich abzureagieren und mit dem Verdruss darüber, in der falschen Zone geboren worden zu sein, klarzukommen: der Rock'n'Roll – die Art von Kunst, die einen zumindest fühlen lässt, dass es da draußen irgendwo Hoffnung auf etwas Gutes, ein Entkommen, eine bessere Zeit gibt. Wenn alles andere geht, dann bleibt wenigstens die Musik. Ich weiß, was Papa meint, wenn er sagt, dass Musik auch immer ein anderes Wort für Freiheit ist: Die Freiheit, das zu tun, was du für richtig hältst, das zu tun, was du fühlst, was in dir brodelt, was raus muss, was dich zur Ekstase bringt, die wunderbarsten Glücksmomente verursacht. Vater erkannte diese Art der Religion für sich, um vergessen zu können – um das Laute und Hässliche abzuschalten. Hier musste man die Widerlichkeiten des Unrechtsstaates nicht ertragen, hier konnte man sich verstecken, sein eigenes warmes Nest bauen und sich die Welt so zurechtlegen, wie sie sein sollte. Es brauchte keine Worte. Musik war die Art von Freiheit, die es in diesem Land nicht gab. Und so machte sich Papa schon früh auf den Weg, raus aus dem Dorf, rein in die Klubhäuser, um zu sehen, ob er mit diesem Gefühl allein dastand oder ob es noch andere in seinem Umfeld gab, die diesem Drang folgten. Und: Es gab eine Menge von ihnen da draußen. Es war das pure Adrenalin, wenn die Leute im Rausch der Unbeschwertheit zur Musik tanzten, jubelten und ausflippten. Wie dankbar sie waren, für diese kurzen Momente, die sich wie Inseln aus einem grauen Meer erhoben, in denen sie ihrer Energie freien Lauf ließen und sich austoben konnten – in denen sie glaubten, sich einmal nicht vorsehen oder verstecken zu müssen! Wer diese Lust, diese Unbeschwertheit, dieses Glücksgefühl der Menschen in den Dorfsälen oben von der Bühne aus einmal erlebt hat, der weiß, dass diese Art der Freiheit einem keiner mehr nehmen kann. Es war der Mief der alten von Kohlenstaub zerfressenen Fabriken und Häuser, der Sumpf der SED-Bonzen in ihren grauen Anzügen, von dem sich die jungen Menschen befreien wollten, um der Enge, den tristen Parolen und der Verlogenheit dieses Systems zu entkommen. Dieser Generation musste bewusst gewesen sein, dass es unter der Führung dieses Politbüros bei unerfüllten Hoffnungen bleiben würde. Sie wussten, dass es nichts zu holen gab – sie wurden betrogen, um ihre Freiheit gebracht und dazu erzogen, mit einem Maulkorb den Schein eines funktionierenden Staates aufrechtzuerhalten, in dem es keine unerfüllten Wünsche für niemanden gab. Außer für die, die sich nicht unterordnen wollten – die könnten alles andere aber auch gleich vergessen: kein Abi, kein Studium, keine Wohnung. Da blieb nicht viel anderes übrig, außer zwischen dem Drang nach Freiheit und der Ordnung des Systems einen Kompromiss zu schließen. Sonntagabend: „Meine Damen und Herren, es spielen The Hurricanes!" Vater trat mit seiner Band auf, der Saal tobte und irgendwie war für einen Moment lang alles gut.

Die Sängerin

Die Programme aus einem Land, das für uns unerreichbar schien, weckte meine Sehnsucht nach so einigen Dingen, die bei uns nicht möglich waren. Einmal im Monat, mittwochs, wurde mein größter Wunsch, endlich eine Schallplatte mit den Liedern einer ganz bestimmten Sängerin in den Händen halten zu können, unermesslich groß – weil sie in der Hitparade auftauchte! Manchmal habe ich mir den Fotoapparat geschnappt und ein Bild von ihr geknipst, während sie gerade sang, damit ich wenigstens etwas von ihr haben würde. Die Fotos waren aber alle Schrott, da das Blitzlicht der Kamera auf dem Fernseher reflektierte und auf den Bildern nichts anderes zu sehen war als ein weißer Fleck auf der Mattscheibe. Nachdem ihr die Bilder beim Fotografen habt entwickeln lassen, konnte ich mir des Öfteren die Frage anhören, warum ich denn ständig den Fernseher fotografiere und ob es nicht ausreichen würde, dass ich so und so schon die ganze Zeit davorsitze. Diese Hitparade war eigentlich furchtbar: völlig überzogen, scheinheilig und schlecht, nicht nur die Musik. Halb acht begann die Kuriositätenschau: Aufgemotzte Schlagerfuzzis gaben belanglose Texte vor einem von allen guten Geistern verlassenen und klatschwütigen Publikum zum Besten. Ein einziger Rummelplatz: zu laut, zu bunt, zu schrill. Die Darsteller wirkten wie singende Diskokugeln, trugen hochtoupierte und unnatürlich gefärbte Haare und grinsten gekünstelt in die Kamera. Und inmitten des Trubels dieser vermeintlich heilen Welt tauchte sie einen Moment lang auf: diese traurige Frau mit den rot gefärbten Haaren, meist in Schwarz gekleidet, auf einem Hocker sitzend, völlig unbeeindruckt von der Sause, die sich da vor aller Augen abspielte und die – in diesem Schmelztiegel des schlechten Geschmacks – offensichtlich völlig fehl am Platz schien. Manchmal kam es mir so vor, als wüsste sie selbst nicht, wie um Himmels Willen sie dort hineingeraten ist. Ein außerirdischer Moment inmitten des Treibens: Sie wirkte wie ein Wesen, das mit einem Raumschiff völlig ungeplant auf der Erde ankam und aus Versehen mitten in diesem aufgepeitschten Rummel landete. Fast schon verzweifelt wirkend über das, was sich da vor ihr auftat, musste ihr klar gewesen sein, dass sie nie zu ihnen gehören oder je eine von ihnen sein wird. Aber das wollte sie vielleicht auch nie. Sie sang Lieder, die die unscheinbaren, ganz alltäglichen Geschichten ganz normaler Leute erzählten: kein Ruhm, kein Glanz, nur die stillen Momente, die die meisten der dort Anwesenden verdrängen wollten und die genau deshalb dort waren: um ihre Sorgen einen Abend lang zu vergessen. Und dann war sie da und hinterließ ihren Zuhörern diese zerbrechlichen Gedanken über das Alleinsein, die Sehnsucht und den Tod – ein Innehalten, das nicht jeden dort vereinnahmen konnte, weil diese Stücke keineswegs den gängigen musikalischen Trends und Botschaften entsprachen, mit denen die Radios damals zugekleistert wurden. Sie war das Moment, mit dem niemand gerechnet hatte: eine scheinbar völlig außer Rand und Band geratene Horde sah sich plötzlich mit einer Frau konfrontiert, traurig wirkend, in sich gekehrt, vielleicht sogar verschüchtert, fast abwesend und gedankenversunken. Die bunten Lichter wurden gedämpft, es wurde still und sie sang ihr Lied, das von einem Würfelspiel erzählte.

Fremder im eigenen Land

Ich kann mich an vieles in meiner Kindheit sehr gut erinnern, aber kaum ein anderes Ereignis war so intensiv wie der Fall der Berliner Mauer. Ich verstand, dass die Grenzen zum Westen offen waren, ich verstand sogar, dass die friedliche Revolution der Bürger in der DDR auf hauchdünnem Eis stattfand, aber ich begriff das Ausmaß dieses Tages erst, als ich Papa weinen sah, während im Fernsehen die Bilder von den Ostdeutschen zu sehen waren, die zum ersten Mal seit fast dreißig Jahren dieses Land verließen. Ich hatte ihn bis dahin nur einmal weinen sehen: am Tag, als Oma Ottilie starb. Sie hatte die Repressalien des Unrechtsstaats am eigenen Leib erfahren, hatte ihre beiden Söhne allein ernährt und großgezogen, während Oskar im Zuchthaus saß. Ich erinnere mich, dass Papa an diesem 9. November sagte, dass das einzig Traurige an diesem Tag sei, dass die Oma das nicht mehr miterleben könne. In den Tränen von Ludwig spürte ich, welches Leid, welche Wut und welche Erleichterung ihn zur selben Zeit eingeholt hatten. Es würde einen

Neuanfang geben und – wie auch immer der ausfällt – alles würde besser sein, als weiter in dieser DDR zu leben. Ich konnte sprichwörtlich dabei zusehen, wie Papa diese unendlich schweren Steine vom Herzen fielen. Ich bin aufgewachsen mit den Erzählungen vom Opa im Gefängnis, ich kannte die Geschichte vom Auftrittsverbot seiner Bands nur zu gut. Später würde Papa erfahren, dass er von einem Mann bespitzelt wurde, den er seit dem Studium seinen besten Freund nannte. Der wiederum nahm sich kurze Zeit darauf aus lauter Scham über seine Vergangenheit als Stasi-Spitzel das Leben. Der ganze verlogene und ungerechte Wahnsinn nahm an diesem Abend ein vorläufiges Ende, ohne die Konsequenzen dessen im Detail zu erahnen. Papa kam mir fast so vor, als hätten sie ihn aus einem Gefängnis entlassen: Seit langer Zeit schien er endlich wieder einmal unbekümmert, ja, sorgenfrei zu sein. Er war kein Fremder mehr im eigenen Land. Er würde nun frei genug sein, um zu sagen, was er dachte, frei genug, um zu tun, was er für richtig hielt, frei genug, um dorthin zu gehen, wohin er wollte. Ich weiß nicht, ob er diesem Frieden von Anfang an traute oder ob er schon insgeheim ahnte, dass er mit Wahrheiten konfrontiert werden würde, mit denen er sein ganzes Leben noch hadern müsste. Aber an diesem Abend war nur Eines wichtig: Die Ereignisse boten eine Aussicht auf ein Ende des politischen Unrechts in diesem Staat. Die Freude überwog in diesen Tagen der Unsicherheit darüber, was nun folgen würde. Es war November, aber die Trostlosigkeit, die dieser Jahreszeit sonst so innewohnt, war einer Leichtigkeit gewichen, die mich eher an Menschen erinnerte, die im Frühling zu neuem Leben erwachen. Alles schien für einen Moment lang möglich. Alles sah noch aus wie immer und dennoch war es irgendwie ungewohnt und neu. Er war mir seltsam vertraut, dieser Funkturm in Berlin, den ich bis dahin nur aus dem Vorspann der Hitparade kannte und der irgendwie auch ein Symbol dafür war, dass einiges, was Banane sein sollte, in Wirklichkeit Gurke war.

Josefine 1

Josefine hatte ihre Prinzipien und das oberste lautete: Haus, Hof und Eigentum mussten gepflegt werden. Es war keine einfache Zeit und sie verstand, dass sie zusehen musste, wo sie bleibt. Sie war nie eine feine Dame, eher eine Frau, die die Ärmel hochkrempelte. Sie konnte feines Getue nicht leiden und mochte erst recht keine Leute, die sich für etwas Besseres hielten. Sie hatte erfahren, wie schnell das Geld einige Menschen über Nacht veränderte und blieb daher eher bescheiden und froh, statt reich und neidisch. Auch mich erinnerte sie stets an ihre Prinzipien: „Pass bloß auf, dass du dir keine anschaffst, die sich den ganzen Tag nur vor dem Spiegel schminkt und kämmt. Solche Leute bringen nichts und machen nur Sorgen. Sowas brauchst du nicht in deinem Leben, Junge." Wie recht sie doch behalten würde. Ihre Generation hatte den Krieg überstanden – Sie war misstrauisch gegenüber denen, die etwas versprachen. Sie hatte erfahren, wie schnell sich die Hoffnung auf einen Wohlstand für alle in Ausbeutung und Verlust verwandeln konnte. Sie hatten nicht viel, aber das, was sie hatten, hielten sie fest und pflegten es wie einen Schatz. Es musste lange reichen, es sollte schließlich auch an die nächste Generation weitergegeben werden, die es „einmal besser haben sollte". Alles drehte sich ums Erbe. Ich dürfte nie ihr Haus verkaufen, wenn ich einmal erwachsen bin, sagte sie oft sorgenerfüllt in meine Richtung. Die Sorge darum, dass all das schöne Erbe, wenn es eines Tages an uns Kinder weitergereicht wird, auch wirklich noch schön ist, veranlasste Josefine auch dazu, ihren Trabant nur bei herrlichstem Sonnenschein aus der Hofgarage zu holen. Wenn es regnete, nahm Josefine das Rad, damit das Auto nicht dreckig wurde, egal, wie kalt oder mistig es gerade war. Wenn ich mit ihr durch das Dorf fuhr, wurde sie von jedem gegrüßt und wenn wir zu Fuß unterwegs waren, kamen wir kaum voran, weil sie mit allen Dorfbewohnern, die unseren Weg kreuzten, den neuesten Tratsch austauschte. Josefine selbst hat stets darauf gepfiffen, was die Nachbarn über sie sagten. Zu ihrem liebsten Zeitvertreib gehörte es dennoch, sich mit einem Kissen an das offene Fenster zu stellen und dort auf abgestützten Ellenbogen Ausschau nach ihren Nachbarn zu halten, die vielleicht für ein kurzes Schwätzchen des Weges kamen.

Auf dem Hof gab es einen Stall, in dem Josefine heimlich Schweine hielt. Zu dieser Zeit war es verboten, auf seinem eigenen Anwesen welche zu züchten, wenn man nicht der landwirtschaftlichen Produktionsgenossenschaft angehörte. Daher durften wir nie darüber reden, aus Angst, einer könnte sich bei den neugierigen Nachbarn darüber verplappern, dass Tiere im Stall vor sich hin grunzten. Dabei war das kaum zu überhören und noch weniger zu „überriechen“. Es roch oft nach Gülle und ich bin mir sicher, dass alle im Dorf wussten, dass hier Schweine gezüchtet wurden oder sie züchteten alle welche und darum würde auch keiner den anderen verpetzen. Josefine hatte verstanden, dass man sich irgendwie selbst versorgen musste, wenn man einigermaßen über die Runden kommen wollte. Wurst und Fleisch waren teuer und keine aß das Zeug so gern wie sie. Mit Hingabe und Genuss biss Josefine in jedes Brot, machte „Mmmhhh“ und „Aaaah“ und beteuerte mit vollem Mund noch kauend: „Mich schmeckt‘s Heide widder!“

Mahlzeit

Zu Hause sagte Mama oft: "Heute gibt's Wahlessen: Entweder du isst oder du isst nicht." Aber gar nicht zu essen, kam eigentlich nicht in Frage. Und so war es manchmal wirklich schwer, die richtige Wahl bei der Schulspeisung zu treffen, wenn Speisen wie "Tote Oma" auf dem Essensplan standen. Ich hatte mich eigentlich nie getraut, gegen solche Speisen zu rebellieren. Mir wurde schließlich beigebracht, für alles dankbar zu sein und selbst wenn unsere Hortnerinnen den Ekel in unseren Gesichtern registrierten, stampften sie mit einem Totschlagargument jeden Zweifel nieder: „In Afrika wären die Menschen froh, wenn sie so was zu essen hätten." Ja, in Afrika, dachte ich, würde aber auch nie jemand auf die Idee kommen, seine tote Oma zu essen. Es kam also nicht oft vor, dass ich Mahlzeiten wirklich stehen ließ, aber wenn die Damen in der Essenausgabe in regelmäßigen Abständen Grießbreipamps oder, noch schlimmer, Milchreis aus diesen olivgrünen Futterkübeln servierten, trat auch ich in den Streik. Mit angewiderter Mine nahm ich den Teller von den Küchenfrauen entgegen und blies angewidert die Wangen auf, um einen Würgereiz zu simulieren. Hoffentlich konnten die das sehen, diese sich ständig über uns Schüler echauffierenden Gänse, die für jeden stets einen dummen und herabwürdigenden Spruch übrighatten: „Na, Dickerchen, tut dir ganz gut, wenn es mal was gibt, das dir nicht schmeckt. Dann holst du dir wenigstens heute mal keine drei Teller Nachschlag." Und dann lachten sie sich halb tot über solch blöden Schenkelklopfer. Wir sahen so einiges in dieser Schulspeisung und einer dieser leider immer wiederkehrenden und sehr traurigen Höhepunkte war etwas, dass ich beim Anstehen einmal laut und betont kommentierte mit: „Das würden nicht einmal die Schweine auf dem Hof meiner Tante fressen." Das saß! Alle Blicke ruhten auf mir. Die ungeteilte Aufmerksamkeit des gesamten Küchenpersonals, aller Lehrer und Schüler wurde mir zuteil. Es wurde augenblicklich still. Keiner vermochte etwas zu sagen in diesem von Neonlicht erleuchteten Keller, in dem es nach einer Mischung aus Bohnerwachs und angebrutzeltem Komposthaufen roch. Die trauten ihren Ohren nicht. Das hat es wahrscheinlich noch nie gegeben, dass sich ein Schüler so abwertend über das Kelleressen, oder wie ich es gern bezeichnete: den Kakerlakenfraß, geäußert hatte. Vor allem hatten die meisten der dort Anwesenden mir so einen Spruch nicht zugetraut. Der dicke, rothaarige Pummel nahm sich tatsächlich heraus, in den sozialistisch verkochten Pamps zu spucken – das war ein dickes Ei! Doch was da auf meinem Teller lag, war vielmehr eine Frechheit denn eine Mahlzeit: ein paar zerkochte Kartoffeln, daneben ein kleiner Haufen völlig verwässerten Sauerkrauts und – die eigentliche Zumutung – eine Scheibe Leberwurst, die in der Tunke des Sauerkrauts ersoff. Ich begriff sofort, dass ich einmal mehr etwas getan hatte, ohne vorher über die Konsequenzen nachzudenken. Irgendwie wäre es doch sehr lässig gewesen, hätte jetzt, in diesem Moment, jemand geklatscht oder einfach nur leise zugestimmt – ein winziges Zeichen der Unterstützung. Aber keiner hat gelacht. Nun gut, es war auch nicht spaßig gemeint, aber meistens lachen die Leute doch immer dann, wenn jemand bis zum Hals im Schlamassel oder zumindest in der Kartoffel-Sauerkraut-Leberwurst-Tunke steckt.

Josefine 2

Auf Josefines Dachboden standen deckenhohe Kleiderschränke voll mit einer riesigen Sammlung an alten Klamotten, die nicht nur von Erwin, sondern noch aus Zeiten etlicher Generationen vor ihnen stammten und dort vor sich hin staubten. Josefine konnte nichts wegwerfen: Hüte, Mäntel, Jacketts, Hosen und Westen eröffneten uns den Zugang in eine andere Zeit. Hanna, unsere Cousine Rita und ich zogen uns diese viel zu großen, leicht muffigen Sachen an und liefen runter in den Hof zu den dort Anwesenden, die sich vor Lachen kaum wieder einkriegten. Zum ersten Mal in meinem Leben trug ich einen Anzug, wenn auch viel zu groß, aber ich hatte einen gewissen Körperumfang erreicht, der es mir erlaubte, einigermaßen stattlich in den Sachen von Erwin auszusehen. Erwin war schon lange tot und ich hatte auch keinerlei Erinnerungen mehr an ihn. Aber ich bemerkte jedes Mal die feuchten Augen von Josefine, wenn wir in den alten Stofffetzen auftauchten. Zunächst dachte ich, dass sie vor lauter Lachen weinen müsse, aber irgendwann wurde mir klar, dass es nicht nur die Kleidung gewesen ist, die sie an Erwin erinnerte. Er war klein und rund gebaut. Vielleicht schien Josefine einen Moment lang wirklich zu glauben, er wäre wieder da: mich in seinen alten Anzügen zu sehen war so, als würde Erwin – gefangen im Körper eines Jungen – wieder über den Hof schlürfen. Sah sie Geister oder war es der Moment, in dem ihr klar wurde, wie lang so vieles schon wieder zurücklag: Erwins Tod, die Gefangenschaft ihres Bruders, das Geschenk, das sie ihrem Neffen mit seiner ersten Gitarre machte, den Neuanfang, den der Vater wagte, als er beschloss, sich auf den Weg nach Amerika zu machen. Alles war vergänglich und doch kehrte alles auch immer wieder irgendwie zurück: Ihr Vater, der mit den vielen Dollar aus Amerika wiederkam; ihr Bruder, der mit Rosie einen Neuanfang wagte; ihr Neffe, der neben ihr saß und darüber nachdachte, wieder Musik zu machen, sobald die Kinder aus dem Gröbsten heraus waren; und ihr Mann, der in Gestalt ihres Großneffen mit seinen alten Klamotten und einem Krückstock plötzlich wieder vor ihr stand. So schnell verging die Zeit, so viel war passiert: Eine Mauer teilte ein Land, brach wieder auseinander und der Landschaft, die nun blühen sollte, traute noch keiner so recht über den Weg. Mein Aufzug stand wohl auch ein bisschen symbolisch für diese Zeit, das Ende der DDR: Er roch muffig, war grau und so recht wusste keiner, was er damit noch anfangen sollte. Ich steckte im Anzug eines Menschen, der längst tot war. Da war er wieder: dieses Nachdenken darüber, was der Tod eigentlich bedeutet und was er mit denen macht, die er zurücklässt. Aber dieses Mal schauderte mich dieser Gedanke seltsamerweise nicht, denn ich hatte irgendwie verstanden, dass alles immer auch von Zufällen abhängig ist, und manchmal auch vom Glück, und ganz gewiss von denen, die mit uns an einem Tisch sitzen – wie bei einem Würfelspiel.

Angehaltene Zeit

Ich hatte diese seltsame Angewohnheit zu glauben, dass die Zeit nur an Orten voranschreitet, an denen ich mich gerade befinde. Ich konnte mir nicht vorstellen, dass überall dort, wo ich gerade nicht war, die Zeit genauso weiterlief. Ich bekam davon nichts mit und wollte doch so gern überall dabei sein. An der Ostsee waren wir immer während der Sommermonate, nie im Winter. Ich hatte das Meer nie erlebt, wenn es grau, kalt und verlassen war. Das war ein Ort, an dem es für mich keinen Winter gab. Die Zeit musste dort stillgestanden haben, bis ich im nächsten Sommer wiederkehren würde. Ich wollte alles miterleben: den nächsten Sommer, den nächsten runden Geburtstag in der Familie, wollte wissen, was mit jedem zu jeder Zeit los ist und habe geglaubt, dass die immer wiederkehrenden Ereignisse eine Garantie dafür waren, dass alles so bleiben würde, dass nichts vergänglich ist. So könnte ich die Dinge und die Menschen um mich herum festhalten. Doch mit jedem Jahr wurden sie älter und müder, ihre Blicke verloren sich immer öfter im

Nirgendwo und ihre Gedanken in der Unendlichkeit. Erst wurden sie ruhiger, dann schliefen sie ein und mit der Zeit wurden es immer weniger. Die grauen Jahre kamen schleichend und nahmen sie ganz leise mit sich mit. Und ich wollte immer noch glauben, dass alles so bleiben würde, wie es war. Wie konnte es passieren, dass sie nichts sagten, als sie beschlossen hatten, langsam Abschied zu nehmen? Ich weiß: Sie wollten, dass wir uns keine Sorgen machen, sie wussten, wir würden den Rest unseres Lebens damit verbringen, der Vergangenheit hinterher zu trauern. Sie sprachen nicht, wollten niemandem zur Last fallen, sie hatten Angst und hofften, dass es woanders weitergeht. Doch es gibt kein Woanders, keinen Neuanfang, keinen Himmel, aus dem herab sie alle auf uns aufpassen würden. Und sie wussten es und machten es stets nur mit sich selbst aus. Diese beschissene Einsamkeit! Sie offenbart, was da kommt: ein niemals endender Schlaf in tiefster Dunkelheit. Da ist kein Gott. Das Einzige, was an diesem Abschied vielleicht tröstlich sein mag, ist der Umstand, dass auch der Schmerz und diese verkackte Ungerechtigkeit endlich vorbei sind. Und, dass die Zeit dann auch wirklich stillsteht.

Die erste Beerdigung, auf der ich war, war die von Josefine. Ich kam mir damals schlecht vor, weil ich gefühlt der Einzige auf der Trauerfeier war, der nicht weinen musste. Aber es ging nicht: Ich hatte während der ganzen Zeremonie viel zu gute Erinnerungen an ihren Humor im Kopf und an die schönen, großen und neugierigen Augen, an ihre manchmal wild abstehenden krausen Haare, an die Freude, die der eines Kindes zur Bescherung an Weihnachten glich, wenn wir auf sie zustürmten, um bei der Umarmung mit den Köpfen fast völlig zwischen ihrem schönen, weichen Busen zu verschwinden. Daran habe ich gedacht, als sie gegangen war. Und ich habe gehofft, dass niemand mein Zucken in den Mundwinkeln bemerkt, weil ich so unendlich froh darüber war, dass ich diese wirklich guten Momente mit ihr erleben konnte. Ich wusste damals schon, dass mich diese Erinnerungen nicht verlassen werden. Ich wusste damals schon, dass sie anders war als alle anderen in unserer Familie und dass es ihre Gelassenheit und ihr Humor ist, den ich mit mir herumtragen wollte. Und ich wusste damals schon, dass alles auch sehr schnell wieder vorbei sein konnte.

Kleiner leiser Ort

Nichts ist so schön wie nach Hause zu kommen. Je älter ich werde, desto besser fühlt es sich an. Nur, dass unser Zuhause nicht mehr dort ist, wo ich groß geworden bin. Diesen Ort gibt es nicht mehr. Er ist einer friedlichen Ruhe gewichen, in der heute Grillen zirpen und Vögel zwitschern, in der das Rauschen des Windes in den Bäumen und Wiesen zu hören ist. Nichts von dem, was ich hier noch sehe, hat etwas mit dem zu tun, was einmal war oder einst geschah. Es sind nur noch Fragmente einer anderen Zeit, Erinnerungen an ein Leben, das keiner mehr kennt, außer uns und vielleicht noch ein paar wenigen. Aber ein Zuhause ist es nicht mehr. Heimat war nie irgendein bestimmter Platz, eine Straße, ein Haus. Vielleicht ist Heimat eher so etwas wie ein unsichtbarer Ort, der nur in meiner Vorstellung existiert, um halbwegs Frieden schließen zu können, wenn wir von Zeit zu Zeit vergessen, wo wir hergekommen sind. Für mich war Zuhause immer dort, wo meine Eltern sind, wo ich ihre Stimmen hören kann, wo es nach Sonntagsbraten riecht, wo es warm ist. Auch, wenn ich lang gebraucht habe, das so zu sehen. Bis heute finde ich Ruhe darin, mir einzureden, dass die Welt in ihrer Umgebung noch irgendwie in Ordnung ist – egal, was gerade wieder falsch läuft und egal, wie dunkel die Tage und unüberwindbar die Selbstzweifel auch sein mögen. Das gibt mir zumindest etwas Frieden und lässt mich leichter schlafen inmitten dieser unruhigen Nächte, in denen meine Gedanken verloren kreisen: um die Menschen und die Blicke, die Missgunst und den Zweifel, die gestellten Fallen und das Flüstern hinter vorgehaltenen Händen, die aufgesetzte Freundlichkeit und den Stumpfsinn, der mich umgibt. In diesen Nächten denke ich an Zuhause und wünschte, ich wäre dort. Für ein paar Stunden vergessen, dass wir da draußen allein sind und jeder für sich lebt; dass da irgendwann auch niemand mehr sein wird, der einem vertraut vorkommt oder vertrauen wird; dass die, mit denen man einst geschworen hatte, sich in nichts nachzustehen, ihr Urteil bereits gefällt haben, weil sie glauben, dich zu kennen und alles über dich zu wissen. Sie werden sich nicht einmal mehr die Mühe machen, auch nur so zu tun, als wären sie nicht voreingenommen. Keiner von ihnen wird sich zu dir an den Tisch setzen und sagen: „Jetzt reden wir mal und ich höre dir zu und möchte verstehen."

Nur diese verdammte Einsamkeit wird die einzige Begleiterin sein, die uns nicht von der Seite weicht und sich immer wieder verlässlich zu jedem von uns gesellen und ihr Lied singen wird. Wie eine alte Freundin, die immer da war, die man ein paar Jahre lang aus den Augen verloren hat, die aber nie aufgegeben hat, einen zu suchen. Wir sitzen Nacht für Nacht zusammen am Küchentisch. Wir bedauern uns bis die Augen feucht schimmern und alles viel zu salzig schmeckt. Wir sagen Sachen wie: „Weißt du noch ...?" und „Wie glücklich wir waren!" und hören nicht auf, alles zu zitieren, was uns in Jahren an Zeilen geblieben ist. Und für einen Moment sind sie noch einmal da: diese kleinen Inseln des Glücks – so verdammt weit weg und dennoch immer so nah. Doch wir werden nie wieder dorthin kommen – außer in unseren Erinnerungen. Und wenn dir nichts anderes mehr bleibt, wird nur noch die Erinnerung deine Heimat sein – an die du denkst, wie an einen Song, den du seit Jahrzehnten immer wieder hörst.

Das Bild im Rückspiegel

Immer, wenn ich den Motor anlasse, das Auto anrollt und ich meine Eltern im Rückspiegel sehe, ziehen diese dunklen, schweren Wolken in mir auf. Ich weiß, dass dieses Bild mich lange begleiten wird und jedes Mal erinnert es mich daran, dass ich eines Tages alles dafür geben würde, genau diesen Moment nur noch ein einziges Mal zu erleben. Und so versuche ich, mir jedes Detail einzuprägen: wie das Wetter war, wie sie ausgesehen haben, welche Blumen gerade im Vorgarten blühten. Als würde ich mir selbst zuflüstern: „Wenn wir uns schon verlieren, will ich euch wenigstens nicht vergessen." Und dann erkenne ich diesen Ausdruck in ihren Gesichtern – diesen Blick, der mir sagt, dass es kein Zurück gibt: aus dieser Welt da draußen, in die alte Welt hinein. Alles, was ich in diesem Moment gern hätte, ist die Gewissheit, dass sich dieser Moment so oft wiederholt, dass ich vergessen kann, dass er mich je traurig gemacht hat. Ich hoffe jedes Mal, dass dieses Bild im Rückspiegel nicht die letzte Erinnerung sein wird. Eigentlich müsste ich umkehren.

Jedes Mal wieder. Es ist diese Art von Endgültigkeit, die ich lerne, zu verdrängen, ohne es zu wollen. Das Wissen um die Einsamkeit, die auf uns zurollt, die unausweichliche Einsicht, dass ein Teil geht und eine Lücke hinterlässt, die durch nichts zu füllen ist. Eine Stille, die lauter sein wird als jeder Streit, den wir miteinander hatten, und die dafür sorgt, dass dieser kleine leise Ort nie mehr so sein wird, wie er einmal war und dennoch der Einzige ist, der dir bleibt, wenn das Vermissen unerträglich wird. Sie sagen, das vergeht mit der Zeit, aber ich glaube trotzdem, dass sie nie aufhören wird: diese Sehnsucht nach dem längst Vergangenem, nach vertrauten Orten, nach Eltern, Geschwistern und Freunden, selbst, wenn sie einem damit auf die Nerven gegangen sind, weil sie immer besser wussten, wo es langgeht. Ja, ein Foto kann etwas festhalten, aber nicht das, was ich meine. In meinem Kopf spuken die Geister der Vergangenheit, während sich alles außerhalb meiner vier Wände weiterdreht, nicht anhält, älter wird und vergeht. Ich schleppe diese Gedanken mit mir herum und manchmal merke ich, wie ich unter ihrem Ballast beinahe im Boden versinke. Da ist nur eins, das mir Mut macht und mich halbwegs aufrecht stehen lässt: dass wir uns einander verzeihen werden und nicht nachtragend sind. Ich nehme es mir jeden Tag wieder vor und hoffe, dass alle anderen, dir mit mir sind, es auch tun – denn falls nicht, werde ich nicht im Geringsten die Chance haben, auch nur einen einzigen Freund auf dieser Welt an meiner Seite zu wissen.

ANDREAS RUHLAND

Andreas Ruhland (*1978), arbeitet in seiner Wahlheimat Halle an der Saale als Buchhändler und veröffentlichte als Liedermacher unter dem Namen Songs für Huckleberry bereits mehrere Alben.